VENTE

Du Lundi 25 Mai 1914

HOTEL DROUOT, SALLE N° 8

A DEUX HEURES

TABLEAUX

GRAVURES, MINIATURES, DESSINS

Bronzes

TAPISSERIE DU XVIIe SIÈCLE

COMMISSAIRE-PRISEUR

Mᶜ HENRY BRICOUT

EXPERT

M. ÉDOUARD PAPE

CATALOGUE

DES

TABLEAUX

GRAVURES, MINIATURES, DESSINS

FAIENCES

OBJETS DE VITRINE

Bronzes

Monnaies d'Or et d'Argent, Boutons, Boucles, Agrafes

ARGENTERIE

ÉTOFFES ANCIENNES

Tapisserie du XVIIe Siècle

DONT LA VENTE AURA LIEU

HOTEL DROUOT, SALLE No 8

LE LUNDI 25 MAI 1914

A 2 heures

<table>
<tr><td>COMMISSAIRE-PRISEUR</td><td>EXPERT</td></tr>
<tr><td>Me HENRY BRICOUT</td><td>M. ÉDOUARD PAPE</td></tr>
<tr><td>8, rue Sainte-Cécile</td><td>EXPERT PRÈS LE TRIBUNAL CIVIL DE LA SEINE</td></tr>
<tr><td>PARIS</td><td>174, rue du Faubourg-Saint-Honoré</td></tr>
</table>

EXPOSITION PUBLIQUE

Le Dimanche 24 Mai 1914, de deux heures à six heures

CONDITIONS DE LA VENTE

Elle sera faite au comptant.

Les adjudicataires paieront *dix pour cent* en sus des enchères.

Paris. — Imp. de l'Art, Ch. Berger. 41, rue de la Victoire.

DÉSIGNATION

TABLEAUX, DESSINS
MINIATURES

ÉCOLE ESPAGNOLE

1 — *Le Sacrifice de la Messe.*
   Tableau sur cuivre.

ÉCOLE FLAMANDE

2 — *Intérieur de Cabaret.*

ÉCOLE FLAMANDE

3 — *Episode de chasse.*
   Tableau sur cuivre.

ÉCOLE FLAMANDE

4 — *Buveurs.*

ÉCOLE FLAMANDE

5 — *Scène de Cabaret.*

ÉCOLE FLAMANDE

6 — *Danseurs et Buveurs.*
   Toile.

ÉCOLE FRANÇAISE

7 — *Femme au bouquet.*

ÉCOLE FRANÇAISE

8 — *Marine.*

Toile.

ÉCOLE FRANÇAISE (Attribué à l')

9 — *Paysage : tour et village animé.*

ÉCOLE FRANÇAISE (xixᵉ siècle)

10 — *Paysage.*

ÉCOLE FRANÇAISE (xixᵉ siècle)

11 — *Étude de fleurs.*

Toile.

ÉCOLE FRANÇAISE

12 — *Portrait d'Homme.*

Sur cuivre.

ÉCOLE FRANÇAISE

13 — *Le Bon Samaritain.*

INCONNU

14 — *Vers le Panthéon.*

Dessin aquarellé.

ÉCOLE ITALIENNE

15 — *La Cène.*
    Toile.

ÉCOLE HOLLANDAISE (Attribué à l')

16 — *Paysage.*

LEBRUN

17 — Huit dessins tirés de l'histoire d'Alexandre.

MARKS

18 — *Ville orientale.*
    Toile.

OMMEGANK (Attribué à)

19 — *Moutons.*

ROSSI

20 — Aquarelle pour l'illustration de *Sapho.*

ROUX

21 — *Vieille Femme filant.*
    Toile.

RUBENS (École de)

22 — *L'Éducation de Jupiter.*
    Cuivre.

TENIERS (Genre de)

23 — *Le Singe dentiste.*

VAN DYCK (Attribué à)

24 — *Portrait d'Homme.*

Peinture sur bois.

VAN GOYEN (Attribué à)

25 — *Paysage maritime.*

26 — *Scène galante. — Tête d'étude. — Une Rue animée.*

Trois petits tableaux. Encadrés.

27 — Quatre miniatures de femmes et d'homme.

28 — Miniature ronde d'officier. Époque Empire.

29 — Miniature d'enfant, le col largement découvert: Portrait présumé du dauphin Louis XVII.

30 — Miniature ovale d'homme vu de face, les cheveux tombants sur le cou. Cadre en or.

31 — Deux miniatures d'homme et de femme se faisant pendants. Cadres ronds en bois doré.

32 — Petit médaillon en or, contenant une miniature d'enfant blond aux cheveux bouclés.

33 — Portrait de Désiré Troisvaux, vu de face, vêtu d'un habit bleu et peint par lui-même. Il est signé : *Désiré T.*

34 — Miniature ovale présentant la Vierge et l'Enfant. Italie, xviie siècle.

GRAVURES

35 — L'*Abus de la Crédulité*, d'après Aubry, par N. de Launay.

36 — Six pièces coloriées : *Une oie, Un lapin; Deux homards,* etc..., par Grandville.

37 — Gravure d'après un dessin de Prudhon.

38 — Huit gravures, à sujets de chasse, par Wouvermans.

39 — *The Triumph of Beauty and Love et A Sacrifice to Cupid*, par Bartholozzi, d'après Cipriani.

40 — Les *Plaisirs du Boulvard*, par Scotin le Jeune.

41 — *Abraham entertaining the three Angels*, par J.-G. Facius, d'après Murillo.

42 — *Volatiles*, par Roubiliac, d'après Desmoulins.

43 — Le *Poète Anacréon*, d'après Baudoin, par N. de Launay.

44 — L'*Hermite du Colisée* et la *Prière Interrompue*, par Descourtis, d'après Hubert Robert.

45 — *Les Baignets*, d'après Fragonard, par N. de Launay.

46 — La *Gayeté du Silène*, d'après BERTIN, par N. DE LAUNAY.

47 — Le *Rempailleur de chaise* et le *Coup de Vent*, par DEBUCOURT, d'après CARLE VERNET.

48 — *Hony soit qui mal y pense*. Deux gravures se faisant pendants, par HUBERT, d'après Ph. CARÊME.

49 — Le *Satyre Impatient*, par ANSELIN, d'après CARESME.

FAIENCES, PORCELAINES

50 — Jardinière ovale, à décor de bouquets de fleurs en ancienne faïence de Strsbourg.

51 — Deux compotiers, à bords échancrés, en ancienne faïence de Rouen, à décor de fleurettes polychromes.

52 — Quatre assiettes, décor de fleurs, en ancienne faïence de Strasbourg.

53 — Paire de potiches, à décor de personnages polychromes, en porcelaine de Chine.

54 — Paire de lions en ancienne faïence blanche.

55 — Épi de faîtage en ancienne terre vernissée.

56 — Encrier en faïence allemande.

57 — Petit plateau et quatre poêlons, décor de bar-
beaux, en porcelaine genre Niederviller.

58 — Deux assiettes en ancienne porcelaine de
Sèvres dure.

59 — Paire de saucières, à décor de fleurs, en ancienne faïence de Strasbourg.

60 — Tête de mort d'où sort une double branche où
s'enroule un serpent qui mord une pomme.
Ancienne faïence de Holitsch. Marquée.

61 — Plat en porcelaine peinte : Napoléon.

62 — Paire de petits paniers vannerie, décor de
fleurs et insectes, en porcelaine de Saxe.

ARGENTERIE

ANCIENNE ET MODERNE

63 — Deux casseroles en argent.

64 — Grand poêlon en argent.

65 — Un grand plat rond et deux petits en argent.

66 — Casserole en argent.

67 — Deux coupes à déguster en argent. XVIIe
siècle.

68 — Cuiller en argent, à manche ajouré orné de personnages et de dauphins. xvi⁰ siècle.

69 — **Tasse** et son plateau avec cuiller en argent. Douze petites timbales à liqueur en argent.

70 — **Deux salières** et deux salerons Louis XVI en argent. Une truelle à poisson.

71 — Huilier en argent ciselé. Époque Louis XVI. Burettes en verre bleu.

72 — Verseuse ayant au déversoir une tête de griffon en argent ciselé. Époque Empire.

BRONZES

73 — Deux paires de flambeaux en cuivre. xviii⁰ siècle.

74 — Deux paires de flambeaux. xviii⁰ siècle.

75 — Trois paires de flambeaux. Époque Restauration.

76 — Paire de flambeaux en métal argenté. Époque Louis XV.

77 — Miroir à main, monté sur une colonnette, en verre, et un piédouche en bronze. Commencement du xix⁰ siècle. (Empire.)

78 — Paire de flambeaux bronze ciselé et doré, avec
fût en bronze patiné. Époque Empire.

79 — Paire de flambeaux, à décor de godrons et
cannelures, en bronze ciselé et doré. L'un d'eux
porte les marques : *StC 21542 (Saint-Cloud.)*
Époque Directoire.

80 — Ecritoire et cassolette en bronze doré.

81 — Statuette de satyre tenant un flambeau. Bronze.

82 — Lot de vingt-huit fragments de bronze.
Empire ou XIXᵉ siècle.

83 — Plaque, présentant la Sainte en relief. Bronze
patiné. Italie, XVIIᵉ siècle.

84 — Plaque ronde en bronze ciselé et doré, présentant une pleureuse.

85 — Treize petits bustes ou fragments, bronze.
XVIIIᵉ et XIXᵉ siècles.

86 — Statuette de vestale, en bronze ciselé et doré.
Époque Empire.

87 — Pendule à colonnettes, à supports de griffons,
en bronze doré. Commencement du XIXᵉ siècle.

88 — Pendule en bronze ciselé et doré : Léda et le
Cygne. Époque Empire.

89 à 91 — Trois garnitures de cheminée, décor de sphinx, lionnes et urnes en bronze doré ou patiné. Époque Empire,

92 — Lot de petits cachets en métal.

OBJETS DE VITRINE

OBJETS VARIÉS

93 — Lot important de boutons en métal.

94 -- Lot de boutons en étoffe et nacre.

95 — Vingt-cinq coqs de montre, des xvie, xviie et xviiie siècles.

96 — Lot de trente-quatre coqs de montres, du xviiie siècle.

97 — Lot de quinze coqs de montre étrangers.

98 — Lot important de monnaies ou médailles antiques.

99 — Lot important de médailles ou monnaies modernes.

100 à 105 — Cent trente pièces : médailles ou monnaies en argent, notamment des xviie et xviiie siècles.

106 — Douze pièces ou médailles en cuivre et bronze.

107 — Neuf pièces en argent, grecques et autres.

108 — Six pièces en or de Phocas, Antonin, Conrad, etc., etc.

109 — Coupe et deux plats en émail cloisonné de la Chine.

110 — Porte-gargousse en cuir. xviie siècle.

111 — Six pièces : têtes d'anges, cadre, appliques de meubles, etc.

112 — Trois cannes dont une, ornée d'une fleur de lis en ivoire, d'officier de bouche sous Louis XVIII.

113 — Vingt-quatre boutons en acier ajouré et huit petits. xviiie siècle.

114 — Neuf paires d'agrafes en argent ajouré ou plein.

115 — Deux statuettes d'enfants en argent doré.

116 — Deux châtelaines-cachet et deux chaînes porte-bétel en argent et cuivre.

117 — Deux châtelaines, décor de mains entrelacées, nœuds de rubans. xviiie siècle.

118 — Deux châtelaines en cuivre doré, décor de vases et de nœuds de rubans. Époque Louis XVI.

119 — Châtelaine en cuivre doré, décor d'attributs. Époque Louis XVI.

120 — Châtelaine en argent, décor d'attributs avec clé et cachets. Époque Louis XVI.

121 — Châtelaine en cuivre ciselé, décor de rocailles et personnages. Époque Louis XV.

122 — Châtelaine en cuivre doré et ajouré, ornée de personnages, amours et animaux. Époque Louis XV.

123 — Fermoir argent.

124 — Douze broches et boucles en argent ou cuivre doré.

125 — Huit paires de boucles en argent. XVIIIᵉ siècle.

126 — Deux paires de boucles, fleurs et perles, en argent. XVIIIᵉ siècle.

127 — Paire de boucles en argent, ornées de clous en relief. Époque Louis XVI.

128 — Deux paires de boucles en argent et pierres Époque Louis XVI.

129 — Stylet et poignard, manche d'ivoire.

130 — Deux boîtes à bétel, un cœur et chaîne en argent. Travail russe.

131 — Plaque de décoration en argent, acier et émail bleu.

132 — Petite lampe, petit bénitier (?) et cuiller ajourée en argent. XVIIᵉ siècle.

133 — Cinq cuillers en argent et bronze. Ancien travail.

134 — Trois statuettes égyptiennes et un jouet de plomb français ancien.

135 — Sifflet terminé par un tonnelet en argent.

136 — Trois médailles -effigies ou scènes historiques.

137 — Boîte à cigarettes en argent, de forme rectangulaire.

138 — Aspersoir en argent ciselé. Travail oriental.

139 — Trois cachets et porte-plume en argent. XVIIIᵉ et XIXᵉ siècles.

140 — Trois statuettes de Napoléon, ivoire, bronze patiné et bronze doré.

141 — Icone en bois, présentant un sujet saint. Travail russe.

142 — Onze boîtes métal, filigrane, écaille, etc.

143 — Deux lorgnettes en nacre et ivoire avec un étui de galuchat.

144 — Huit fixés : paysages et sujets décoratifs.

145 — Lot de vingt-deux agrafes et boucles en argent.

146 — Quatre boîtes piquées d'or, émail polychrome, agate et pomponne. XVIIe et XVIIIe siècles.

147 — Boîte en ivoire, présentant dans un encadrement ovale d'or un portrait d'homme. Époque Louis XVI.

148 — Profil, en ivoire, de conventionnel. Encadré.

149 — Deux montres en argent. XVIIe et XVIIIe siècles.

150 — Montre-roulette en argent.

151 — Trois montres en argent, à sujets en relief. Époque Louis XV.

152 — Quatre montres argent et cuivre. XVIIe siècle.

153 — Montre plate présentant des enfants pêchant. Émail. Fin du XVIIIe siècle.

154 — Montre en or, ornée de nombreuses demi-perles sur fond émaillé bleu. Elle possède une chaîne de mandarin ornée de corail et de perles baroques.

155 — Petite montre en or, décor de vase fleuri. Époque Louis XVI.

156 — Montre en or, présentant des attributs de jardinage. Époque Louis XV.

157 — Quatre boîtiers de montre, ornés de sujets polychromes sur émail. Fin du xviii⁰ siècle.

158 — Montre en or, présentant un soleil se couchant parmi des ruines, dans un cartouche rocaille. Époque Louis XV.

159 — Montre présentant une scène galante, en couleurs sur émail. Époque Louis XVI.

160 — Coffret coréen laqué rouge.

161 — Paire de colonnettes en bois sculpté et peint.

162 — Fauteuil en bois sculpté et ciré, recouvert de velours. Époque Louis XV.

163 — Coffret rectangulaire avec ferrures de cuivre.

ÉTOFFES, GALONS, ETC.

TAPISSERIE

164 — Trois pièces de galons lamés argent. Époque Louis XIV.

165 — Quinze pièces galons argent ou étoffe. XVIIe et XVIIIe siècles.

166 — Lot de fragments d'applications étoffe et métal. XVIIe et XVIIIe siècles.

167 — Six pièces dentelles d'argent anciennes.

168 — Voile de calice, application sur soie. XVIIIe siècle.

169 — Lot de treize pièces de soie brodée du XVIIIe siècle.

170 — Lot de fragments d'étoffes des XVIIe et XVIIIe siècles.

171 — Tapisserie, présentant un épisode de la vie de Lucrèce. Bordure de fleurs. Aubusson, XVIIe siècle.

Haut., 2 m. 80 environ ; long., 3 m. 25 environ.